嵇超英诗文集

# 再次走近你

北方联合出版传媒（集团）股份有限公司
春风文艺出版社
·沈 阳·

## 图书在版编目（CIP）数据

再次走近你：嵇超英诗文集/嵇超英著．—沈阳：春风文艺出版社，2017.4（2023.8重印）
ISBN 978-7-5313-5158-0

Ⅰ．①再… Ⅱ．①嵇… Ⅲ．①诗集—中国—当代 ②散文集—中国—当代 Ⅳ．①I217.2

中国版本图书馆CIP数据核字(2016)第326536号

**北方联合出版传媒（集团）股份有限公司**
春风文艺出版社出版发行
沈阳市和平区十一纬路25号　邮编：110003
永清县晔盛亚胶印有限公司印刷

| | |
|---|---|
| 责任编辑：姚宏越 | 责任校对：潘晓春 |
| 封面设计：施悦锋 | 幅面尺寸：134mm×207mm |
| 字　　数：51千字 | 印　　张：3.25 |
| 版　　次：2017年4月第1版 | 印　　次：2023年8月第2次 |
| 书　　号：ISBN 978-7-5313-5158-0 | |
| 定　　价：58.00元 | |

版权专有　侵权必究　举报电话：024-23284391
如有质量问题，请拨打电话：024-23284384

# 目 录

花开了 —— 3
砖 —— 7
路标 —— 11
茉莉花 —— 12
落叶 —— 15
家之殇 —— 18
心在哭 —— 23
夜雨寄北 —— 25
集训队之恋 —— 27
赞铅球运动员 —— 30
棋盘山之夜 —— 32
致友人 —— 40
爱之礼物——湘绣 —— 42
一个梦，丢逝在伤感的秋 —— 45
不要怨我 —— 48
再次走近你 —— 52
给妻子 —— 54
赠大海 —— 58

| | |
|---|---|
| 伴侣 | 61 |
| 秋葵 | 64 |
| 秋葵（散文） | 68 |
| 听爸爸讲那过去的事情 | 70 |
| 说在后面的话 | 104 |

献给逝去的岁月

# 花 开 了

花开了，真漂亮；
你没来，我失望。
花开了，味真香；
你没来，我心伤。

你说会来，我才前往；
你说会来，我才梳妆。
你说会来，我才守候；
你说会来，我才期望。

等你，在白天；
等你，到晚上。
等你，在春暖；
等你，到秋凉。

等你，用青春用生命；
等你，用年华用时光。
等你，用铭心刻骨的思念；
等你，用挥之不去的忧伤。

等你，
到海枯到石烂；

等你,
到地老到天荒。

花开了,真漂亮;
你没来,我真想。
花开了,味真香;
你没来,我神伤。

2013年12月17日

# 砖

## 一

我的前身,
本是泥土。
经过痛苦的挤压,
熬过残酷的煅烧。
终于,
重塑金身,
脱胎换骨。

于是,
有了万里长城;
有了民宅王府;
有了"砖"的故事;
有了城市首都;
…………

我常想:
我今天的辉煌,
真的离不开挤压、煅烧,
那段洒过血泪的路途。

2015年1月24日

## 二

我的身世,
艰辛清苦。
却从不抱怨,
自己命苦。
纷繁的世界,
已有太多的不幸。
怨天尤人,
只能"添堵"。

为了不负自己的使命,
造屋,
房山屋角下层上层,
从不挑三拣四;
铺路,
碾压踩踏,
不惜粉身碎骨;
…………

古老的故事,
讲述着古朴的道理:
任劳任怨团结合作,
才有卓越的建筑。

2016年8月9日

## 路　标

任风吹日晒，
任雪打雨浇。
在自己的位置上默默地工作，
无声的语言简洁明了。

不介意位置的低高，
不计较付出与回报。
只要能完成肩负的使命，
位置回报并不重要。

日复一日，
你重复着不变的使命；
年复一年，
你不改的初衷依旧执着。

让迷途者明辨方向，
使往返者坚定目标。
你用持之以恒的平凡诠释着伟大，
你用无怨无悔的付出书写了崇高。

2009年12月17日

## 茉 莉 花

叶绿花白味香,
平淡无奇寻常。
不气不馁从容,
清香缕缕悠扬。

花小素雅端庄,
情怀操守高尚。
开在黄昏时刻,
静夜品读月光。

谁人知我衷肠?
我为何缘而芳?
知我者,爱我忧我,
不知者,只道"花香"。

花香源自心房,
心净花儿自芳。
知与不知俱淡忘,
也留人间如故香。

2012年9月6日

# 落　叶

生，
并不受宠；
死，
归宿更惨。
然而，
它是整体——树的一部分。

为了这整体的发展，
它，
不顾还早的春寒，
不顾酷暑的熬煎，
不顾凄苦的秋雨，
…………

发芽、成长、奉献，
直至生命的终点。

1989年5月31日

## 关于《落叶》

落叶的归宿着实凄惨。有的被当作垃圾焚烧处理,有的被当作柴草烧饭取暖,有的"秋风扫落叶"飘零他乡,有的则静静地躺在树下化作春泥……我常想:一片树叶,对于一棵树是微不足道的;但是,一棵树如果离开了所有的树叶,它也无法生存。同样的道理,森林亦是如此。

我们时常赞美"基石",歌颂"脊梁"。其实,真正的"基石"、真正的"脊梁",应该是千千万万、默默无闻的民众。是他们,不计较生存的环境,不介意归宿的好坏;在求生存得报酬的同时,无声地撑起了家庭,撑起了社会;使人们得以生存,使生命得以繁衍……

微不足道的树叶,默默无闻的民众,不像吗?不值得赞颂吗?

《落叶》这首诗,发表于《辽宁青年》1989年12月第24期。注文和照片是本人2015年做博客时后加的。

2016年2月14日

## 家之殇

我的家
原本在绿树之上
那时的家
有鲜花有绿草有刺槐有白杨……

可是
不知是我做错了什么
还是因为别的什么
他们砍伐了树木铲除了绿草驱散了花
　　香……

我痛心疾首又无能为力
只得远走他乡
漂泊……
流浪……

漂泊到哪天
流浪到何方
何处寻找我失去的家园

哪里再觅那梦中的天堂

疲惫的身心
只得在此驻足
受伤的心灵
在寒风中号哭——家之殇

    2014年11月13日

《重逢》 赵奇 1989年

## 心 在 哭
——有感赵奇老师的画作《重逢》

命运，
安排我们这里相聚；
时代，
召唤你离开了这里。

今日重逢，
平添了我几多尴尬几多酸楚：
田间劳作，
我的衣着不能入时；
田间劳作，
我的皮肤变得粗糙黑红；
田间劳作，
…………

城乡差别，
是你我逾越不了的鸿沟。
萌动心底的恋情，
从此死去。

2012年11月17日

# 夜雨寄北

**李商隐原诗:**

> 君问归期未有期,
> 巴山夜雨涨秋池。
> 何当共剪西窗烛?
> 却话巴山夜雨时。

**今译:**

> 你问我何时归来?
> 秋雨凄凄,
> 秋水迷离;
> 我前程迷茫,
> 怎有心情考虑回家的日期?
>
> 今夜,
> 巴蜀这涨满秋池的秋雨,
> 唤起我太多的回忆:
> 什么时候我们才能再次欢聚在西窗
>  之下,
> 共同剪下红烛的残花;
> 什么时候我们才能再次相偎相依,
> 细诉这雨夜铭心刻骨的思意。

## 集训队之恋

欢乐,
我们同享;
痛苦,
我们共尝。

在119中学;
在竞技场上;
在"大工"学生宿舍;
在付家庄蔚蓝的海洋;
…………

我们同挥汗,
我们心连心;
我们齐拼搏,
我们同荡桨;
…………

让我们珍惜,
这纯真的友谊;
让我们记住,
这过去的好时光。

     1985年8月25日

## 赞铅球运动员

一

力拔山兮气盖世，
手把铅球兮竞投掷。
怒吼一声兮天地动，
铅球飞出兮三千尺。

二

气盖世兮力拔山，
手中铅球兮如弹丸。
奋力一掷兮八丈远，
舒展筋骨兮心怡然。

1985年8月1日

## 关于《赞铅球运动员》

1985年8月1日,辽宁广播电视大学首届学生田径运动大会在大连理工大学举行,沈阳电视大学代表队的领队王校长,要求我们中文系的运动员每人投稿两篇在运动会上广播。我虽是中文系的运动员,却从未写过这类的稿件。因为,每次运动会我都参加多项比赛,根本就没时间顾及这些;况且,运动会上广播的"运动场上红旗飘,运动健儿斗志高"之类的打油诗或"快板书",大都平庸,难入情境。这回,真的是没办法了,硬着头皮也得去写……

本来,原诗第二首是这样写的:

气盖世兮力拔山,手中铅球兮如弹丸。

奋力一掷兮八丈远,毛毛雨啦气不喘。

王校长看后哈哈大笑,说:"傻小子果然有点才气。不过这最后一句'毛毛雨啦气不喘'未免有点太随便了;'气不喘'还有'累死了'的嫌疑。改一下……"于是,便成了现在的样子。

今天看看,这虽是一篇应和之作,但当年活泼开朗、思维敏捷的状态,却十分让我怀念。

2016年7月25日

## 棋盘山之夜

路漫道险日炎,
腿酸舌燥口干;
意志毅力信念,
骑车抵达棋盘。

依山傍水扎寨,
河边埋锅造饭;
"车撑篷布"是我们首创,
四台自行车便是"家"的房山。

炊烟熏黑了"大师傅"的脸,
米饭做得"夹生""串烟";
没带酒杯我们"吹喇叭",
飞蛾蚱蜢伴我们共进晚餐。

远处,月光映照着湖面,
近处,湖水轻吻着沙滩。
温柔的晚风轻抚我们的面颊,
深情的群山把我们看了又看。

月亮嫉妒我们羞红了脸,
星星羡慕我们失去了光焰。
篷帐里,
浪漫的烛光在迎风曼舞;

篷帐外,
悠扬的琴声在夜空中回旋;
…………

棋盘山的夏夜如此迷人,
啊!
琴声悠悠,
流水潺潺。

"你是行路人,我也是行路人,
一条漫长的路两颗赤诚的心;
只有行路人最了解行路人,
脚下的路越长心中的爱越深……"

一曲《行路人》道出了我们的心声,
十二瓶啤酒、一个床垫、一只饭锅,
如此"惨重"的代价,
为何"快乐"此行?
因为我们是年轻的运动员。

是否?这次我已真的离开你。
是否?这次我将不再哭。
是否?这次我将一去不回头,
走上那条漫长而无止境的路;
…………

一遍、两遍、三遍,
一首《是否》唱了又唱,

那忧伤的旋律,
又把我们带到苦涩的昨天:

莉莉想起她故去不久的父亲,
几次哽咽几回掩面;
振辉想起他初恋的岁月,
甜蜜和着心酸;

阿刁想起他远方的朋友,
欲笺心事有口难言;
"人事艰,行路难……"
宫阳的心曲在对六弦琴诉说,
情深意切曲调更缠。

沉默的鸿雁,
为何低头不语?
哦,她想起伤情的往事,
像一个梦,
丢逝在令人留恋的春天。

亲爱的"头儿"
今晚似乎多喝了几杯,
呓语频念:
"往事如烟……"

忘记烦恼!
抛弃忧愁!
干杯!

我们和一切不愉快再见!

于是,
阿宏唱起了《阿西们的街》,
激昂的旋律像奔腾的大海,
燃烧的激情似跳动的火焰。

青春在岁月中燃烧,
岁月因燃烧着青春而骄傲。
这就是我们——
80年代年轻的运动员。

夜深了,
人静了;
月近了,
天低了。

浩瀚的银河仿佛撒落无数颗珍珠,
皎洁的月亮好像触手可摸;
多情的湖水还在轻轻低唱,
清风吹过飘来阵阵花香;
…………

棋盘山的夏夜如此醉人,
明年的今天,
我们一定再会
——美丽的棋盘山上。

1986年8月

## 关于《棋盘山之夜》

1985年8月2日，辽宁广播电视大学首届学生田径运动大会在大连理工大学体育场结束，集训参赛的沈阳电视大学田径队也完成了使命，随之解散。次年8月20日，田径队的汪勇（队长，我们称之为"头儿"）、刁益民、刘宏、宫阳、金振辉、本人（嵇超英）、林莉莉、张鸿雁，一行八人，骑着自行车，驮着野餐、宿营等用具，聚会于棋盘山。去的路上，不小心摔碎了十二瓶啤酒；露营时，香烟又把金振辉的床垫烧了个洞；第二天早晨，发现炊灶边做饭用的小铝锅也不见了……

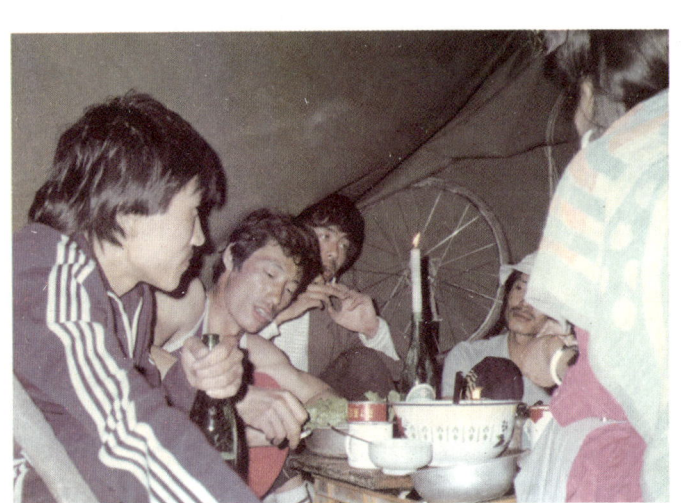

## 致 友 人
——题海边椰子树

扎根在深情的土地，
又把海的营养汲取。
一次次风雨的考验，
一回回海浪的洗礼。
…………

你依然，
不屈不挠，从容不迫；
你仍旧，
我行我素，标新立异。

我赞美你，
不屈的精神、顽强的生命；
我歌颂你，
我行我素、标新立异。

注：同事陈彬女士25岁生日，赋此诗
　　致贺。

1987年1月5日

## 爱之礼物——湘绣

我的家,
在风景秀美的三湘。
为了爱,
千里迢迢来到沈阳。
既然我是"爱"的使者,
姑娘,
今天,
我要走进你的心房。

我来自,
遥远逶迤的三湘;
历尽千辛万苦,
只为走进你的心房。
姑娘,
我有万语千言要对你讲。
让我心仪,
让我思念,
美丽温柔聪明善良的姑娘。

1996年1月11日

## 一个梦，丢逝在伤感的秋

为什么还是伤心？
为什么依然哀愁？
不是已下决心：
分手！各走各的路。

泪水，为什么还流？
眼神，为什么依旧？
不是告诉自己：
忍住！不要回头。

也曾深情相爱，
也曾风雨同舟。
甜美的旧梦啊，
为什么今天已不再有！

千百次回头，
千百回挽留；
为了爱，
我已遍体鳞伤付出所有。


哀莫大于心死，
心死万念皆休。
曾经的天长地久，

就这样被秋风无情卷走。

凄苦的秋雨,
还在伤心地泣哭:
一个梦,丢逝在伤感的秋;
一个梦,丢逝在伤感的秋!

       1986年9月24日

## 不要怨我

意外的相遇,
意外的场合。
宁静的心绪,
掀起了大波。
目光相聚的瞬间,
我又悄然回避。
不要怨我,
我已不是过去的我。

如烟的往事,
依稀记得。
你深情的目光,
勾魂索魄。
多少次梦中相见,
多少话儿想说。
睡梦醒来倍感失落,
残月不语,
清泪苦涩。
既然命运如此安排,
奈何?
奈何?!
不要怨我,
世上总有阴差阳错。

非我无义，
非我情薄。
感情的债啊，
太难偿还。
不要怨我，
我真的不想欠得太多。

    1992年12月11日

# 再次走近你

好久未见,
你还好吧?
今日邂逅,
再次走近你。

再次走近你,
不平的心绪依旧难抑;
再次走近你,
才知道心底依然装着你。

春暖秋凉一年四季,
你身体可好?
花开花落沧桑风雨,
你过得怎样?

再次走近你,
如烟的往事如歌如泣;
再次走近你,
梦萦魂牵的往昔再次想起。

再次走近你,
想多一些地了解你;
再次走近你,
要真正地读懂你。

逝去的岁月，
衰老了我们的容颜；
过去的时光，
模糊了我们的记忆。

然而，
逝去的岁月，
也陈酿出情感的美酒；
过去的时光中，
还尘封着美好的记忆。

虽然我们已经衰老，
虽然我们终将老去，
只要我们心中有爱向善积极，
老去的步履也伴着甜美的回忆。

      2015年6月18日

## 给妻子

如果我是战士,
我不怕冲锋陷阵遍体鳞伤。
因为你温柔的情怀,
能把我的创伤将养。

如果我是一叶小舟,
我不怕惊涛骇浪雨暴风狂。
因为有你与我同行,
即便不能到达彼岸也愿同时葬身汪洋。

很难说,
我对你的爱到底有多深;
说不准,
我对你的情究竟有多长。

我只是不愿你衰老,
因为,
你额头每增添一道皱纹,
我心头便增加一处创伤。

1987年12月5日

## 赠 大 海

大海：
你热烈而沉静，
神秘又大方；
从容且包容，
残酷却善良。

我爱你！
我爱你——
愤怒时那吞天的气势；
我爱你——
平静时那不尽的温柔；
我爱你——
博大幽深的情怀；
我爱你——
永无止息的追求。

　　　1986年9月16日于大连付家庄

# 伴 侣

一起走过万水千山,
而今已是风烛残年。
未来的路不管多远,
我们相搀把它走完。

      2016年3月12日

## 关于《伴侣》

我的工作单位离鲁迅公园不远，午饭后我经常到那里散步。今年开春，便经常看到两位老人的身影。开始，看到他们相扶相搀，只是心存敬意，并没过心。

3月初，当我拿起相机，准备为这本诗集添加照片的时候，两位老人的身影闪过我的脑海。该死！这么纯朴自然的美好素材，险些又被我熟视无睹了。"生活中处处有美，只是我们没有发现美的慧眼。"忘记这是哪位哲人的名言了，太经典了！

周一午饭后，我便端着相机等候在鲁迅公园。不巧，两位老人没来。周二，没吃午饭又守候在鲁迅公园，两位老人还是没来。周三，两位老人终于出现了。于是，便拍下了这组照片。

当我选择其中的两张扩印、塑封，连同这篇《伴侣》一并送给两位老人时，两位老人都很高兴。于是，我们拉起了家常。听老人讲，她今年79岁，老伴儿82岁；她因患糖尿病综合征眼睛处于半盲状态，老伴儿去年夏天心梗抢救过来后，便双目失明了……我说，看到你们相濡以沫、不弃不离,十分感动。马上就春暖花开了,日子也越来越好过了,你们应坚持锻炼,保重身体……两位老人也愉快地答应着。

可是,"五一"以后,便再也没有看到两位老人的身影;又过了一段时间,已经是7月中旬了,还是没有看到两位老人。可以预知发生了什么,一丝悲悯不禁从心底泛起……

愿苍天保佑两位老人;愿我那照片、小诗给老人带去些许慰藉。

2016年8月28日

## 秋　葵

秋天的后面虽是冬，
也不为逝去的岁月而心痛。
因为在秋霜前成熟了自己的果实，
怕什么，
弯腰驼背老态龙钟。

## 关于《秋葵》

　　这首诗,发表于《辽宁青年》1991年12月第23期。

　　这组照片是今年7月至10月完成的。为了这组照片,今年开春,我在窗前的小园子里种了几株向日葵,发芽后开始浇水、施肥、观察、等待、拍照……可惜,受场地制约,照片还是不够理想。但是,我不想再等了。看到秋葵的生命历程,我就想:人的生命也总有走到尽头的时候。能在生命走到尽头之前,多做一些有益的、自己愿做的事情,该多好呀!这应该是珍爱生命、延长生命的最好方式了。就像秋葵,无怨无悔、硕果累累。

2015年11月9日

# 秋 葵（散文）

秋风变凉了，秋雨变凄了。

我家小园中的向日葵日渐成熟了。它低着头，弯着腰，蜷缩的枯叶经风一吹，呜呜作响。

记得中学毕业那年，语文老师曾以"秋葵"为题，让我们写一篇作文。我作为班级的语文课代表，本应率先垂范，带头完成，可我绞尽脑汁，除了语文老师提示的那几句话外，就是写不出东西。结果，那篇作文我没有完成。

转眼间，我中学毕业已经十多年了。其间，每见秋葵，总要想起那篇没有完成的作文。开始，觉得无话可说；后来，又觉得感伤。你看，秋葵弯腰低头的形态，多像驼背弯腰的老汉；风吹枯叶发出的声响，又多像老汉的呻吟……带着对大自然的无限眷恋又不得不告别大自然，多么悲哀的秋葵呀！

秋风由凉变冷了，秋雨由凄变苦了。

一天傍晚，一位中学时的同学告诉我，我们那位语文老师去世了。听到这个消息，中学时代的往事又回到我的记忆中。

其实，没完成那篇作文，语文老师

并没有责怪我,他只是深深地叹了口气,然后意味深长地说:"完成作文并不是目的,懂得珍惜时光才是要旨。你们就要离开学校走向社会了,以后,不管走到哪里,不管做什么,都不应辜负了时光……"当时,我虽不完全理解语文老师的用意,但他斑白的头发、深邃的目光和刚毅的面容,却深深地印在了我的脑海里。

我又一次想起了秋葵。

今晚,当我再次走近秋葵时,它变了,变得深沉内在,变得苍劲庄严。苍茫的暮色中,它像一位低头沉思的老叟,从容不迫;那沉甸甸的花盘,无声地告诉我,它生命的每一步都走得沉稳扎实。多么可敬的秋葵呀!它谦逊,果实越丰硕,头垂得越低;它深沉,即使成熟了,依然深情地凝望着哺育自己的大地;它无私,葵花籽油、炒"毛嗑",成熟的果实毫无保留地献给了人类……

我不再无话可说了,也不再感伤了。这篇短文和这首小诗便这样产生了。

秋天的后面虽是冬,
也不为逝去的岁月而心痛。
因为在秋霜前成熟了自己的果实,
怕什么,
弯腰驼背老态龙钟。

1991年11月25日

# 听爸爸讲那过去的事情

## 一　辛酸的童年

山东老家的事情，大都是从爸爸那里得知的。

1921年农历十月初八，爸爸出生在山东省莱阳县望石区万柳村。爷爷奶奶共有七个孩子，五男二女。七个孩子中，爸爸最小，奶奶叫他"五儿"。原本，爸爸的名字是叫"嵇让"的，因为五个男孩名字的排序，依次为"温、良、恭、俭、让"。何时改叫"嵇世忠"，为何叫"嵇世忠"，爸爸没说，现在也无法查询了。不过改过名字这是可以肯定的，因为四个伯父生前的名字一直叫嵇温、嵇良、嵇恭、嵇俭，唯独少了一个"嵇让"，现在只能推断，爸爸改名字的时间，应该是在离开山东老家参军以后了。

听爸爸讲：小的时候家里很穷，生活很苦，一度艰难到几乎讨饭的地步。要知道，那个年代，讨饭是件很不光彩的事。如果谁家讨饭了，在十里八村传开，别说家里男孩说不上媳妇，就连女孩也嫁不出去。所以，不到万不得已，

谁家都不会讨饭。家里生活开始好转，是在大姑出嫁以后，因为大姑嫁了一个比较殷实的人家，对爷爷奶奶家的生活时有接济；再以后，大伯、二伯他们陆续长大，爷爷就带着他们到大连一家日本人开的工厂做工。等爸爸到了上学的年龄时，家里已经比较富裕，所以，爸爸不仅读完了小学，还读完了初中。当然，还有一个前提，那就是爸爸是那块料，能学会学，小学升初中时，爸爸考了个全校第一。

在父辈这七个人中，只有大伯稔温英年早逝，19岁时得了伤寒，无医能治，眼看着一个19岁的大小伙子活活病死，真是揪心。这也是命，看那名字起的，叫什么不行，偏叫"稔温"，果然是瘟病而死。其他六位长辈，都继承了爷爷奶奶长寿的基因，寿终年龄都在古稀以上，更有甚者，年龄过百。

## 二 投笔从戎

其实，爸爸参加八路军，原本是为了逃避汉奸赵保原抓壮丁修工事的。

1939年12月，爸爸正在读初中，日寇占领山东省莱阳县后，学校都停办了。那时，胶东的情况也比较复杂，日军、伪军、国军，割地并存。为了逃避汉奸赵保原抓壮丁修工事（此时，三伯父已经被赵保原抓了壮丁），爸爸就和同村一个名叫李榛的同学，躲到邻村李榛的一个亲戚家（时为国民党杂牌军的一个营长），准备等时局稳定了，再回去读书。可是没过几天，胶东八路军收编了这支杂牌国军，八路军领导征询二人意见后，二人便同时参加了八路军。以后，爸爸和李榛分在了不同的部队。1942年秋，日寇对胶东八路军实施"拉网式"扫荡时，李榛所在的部队突围时遭到重创，李榛也在此次突围时牺牲了。新中国成立后，爸爸回山东老家时，曾去过李榛家，那时，李榛的妈妈已经双目失明，但老人家却不知道儿子牺牲的事。原来，李榛的家人一直在瞒着老人家。

唉！真是可怜的老人呢。

胶东抗战，爸爸分别当过战士、班副、学员、文化教员、文书、书记。前四个职务都好理解，唯独文书、书记二职需要解释。文书在连一级的建制才有，级别相当于班长。文书的职责是：制作连队花名册；保管连队人事档案；保管收发文件；起草有关文件；有的还要保管登记枪支弹药和仓库……那时的下级军官（连排级）都没有文化，但是，书面的战斗经过、战斗总结等公文上级又要，不得不写。怎么办？有文化

的战士便成了文书。所以,文书一职相当于今天的秘书,只是当时不时兴叫秘书。至于书记一职,与今天的差别就更大了。现在,凡做党务工作的领导都叫书记,支部叫支部书记,党委叫党委书记……部队的思想工作,连级建制配指导员,营级建制配教导员,团级建制配政委,团级以上配政治处。那么,父亲的书记一职到底是干什么的?很简单,文书做什么书记还做什么,只是所在的地方升级了,由连级建制升到营级建制,但实际干的工作基本和原来一样,只是工作量大了一些。

爸爸参加过的战役,后面做了选登,不全是肯定的,因为能查到的资料有限(尤其是胶东时期),但应该是准确的。因为,我首先是根据爸爸的简历,主要是简历的时间和当时所在的部队;再按简历上的时间、地点,在网上查找此时、此地发生过的战斗、战役;然后再核对参战部队的番号;都相吻合后才予选登。

爸爸偶尔讲过的故事,也丰富了当年战斗的花絮。

其一,第一次听许世友训话,是在胶东。许世友不是顺着事先搭好的台阶走上讲台,而是在讲台下一跃而上,跳上讲台,走到讲台中央后大声说:"胶东太平我不来，我来胶东不太平……"讲台下的老乡说："这个光头长官好厉害呀……" 其二，胶东八路军，不知哪支部队和日伪军作战时吃了亏，还损失了一挺机枪。许世友火了，骂道："拿大枪打大点，狗熊战术……" 其三，部队总是行军打仗，有时行军，一边走着一边就睡着了，就走得很慢；等醒来时，看到队伍已经走出老远，于是赶紧跑步赶上大队。还有一事，想来可笑。一天，部队到达驻地后，爸爸和一个通讯员抓了两只哺鸽，又打了点小酒，对饮起来。谁知爸爸不胜酒力，喝得酩酊大醉。第二天行军时，依然不省人事。无奈，只好用担架抬着行军。酒醒后，让连长狠狠撸了一顿，还挨了一个"耳刮子"。

这些事，不是亲身经历，谁会相信？人怎么可能一边走路一边睡觉呢？但这是爸爸亲身经历的又是亲口对我说的，所以我信。还有，为什么抬着酒醉的爸爸行军？我百思不得其解。年轻人喝醉酒不难理解，况且还有"醉卧沙场君莫笑，古来征战几人回"的诗句。但抬着一个醉汉行军，却颇费解，把这醉汉留在驻地不就完了，省去多少麻烦。但仔细想想，又不难理解。首先，没有紧急战事，没有危险情况发生，这是肯定的；其次，在当时八路军的队伍里，有爸爸那样文化程度的人确实不多。用连长的话说："一个'耳刮子'，那是对你们文人的爱护，换了别人，说不定多少个'耳刮子'呢"。可见，当时爸爸是人才，八路军更是爱护人才的。

### 三　悲壮的历程

爸爸所在的部队——胶东军区十四团三营，是由政委彭嘉庆率领，于1945年9月由山东（龙口）乘船来到东北（葫芦岛）的。到东北后，先编入东北人民自治军第二纵队第一旅（后改编为第十旅）；1946年2月整编后，编为东北民主联军第四纵队第10师第30团。

刚到东北时，日军刚刚投降，先于国民党军到达东北的八路军各部（此时已改称东北人民自治军），便迅速开始了"接收"工作。所谓接收，实际上就是解散日伪军等反动武装，建立地方党政机构，收缴武器弹药，武装壮大自己。于是，东北各市县的党组织、人民政府纷纷成立；然后，招兵买马，扩充部队，各地方支队、独立师、独立团，纷纷组建。此时，武器弹药已不再是问题，日本关东军投降后，留下大量的武器弹药，东北人民自治军悉数"接收"，真是发了"洋财"，一时间风生水

前排左一为家父——嵇世忠

起，好不热闹。短短几个月，兵力由当初的十几万，迅速扩大到三十几万，除了沈阳、长春、哈尔滨、永吉（吉林市）、齐齐哈尔这五座城市，因为苏联与国民政府签订《雅尔塔协定》而没有接收，整个东北尽入囊中。

但是，这些"土八路"——刚刚组建起来的东北人民自治军（1945年11月改称东北民主联军），哪里是国民党正规军的对手？战争初期的几个战役，都吃了大亏。营口战役（1946年1月4日—1946年1月14日），营口虽然失而复得，但那是在国民党52军25师武装攻占营口以后，政协会议第一次停战令已下，于是，52军25师回师接收沈阳，只留下一个加强营（不足600人）固守营口。在此情况下，民主联军四纵集中了6个团一万多人去打，还有苏军坦克参战，付出巨大牺牲后，才重新夺回营口。沙岭战役（1946年2月16日—1946年2月19日），国民党新六军只有一个团加一个教导营，不足2000人，民主联军四纵却用5个团去打，结果，不但没打下来，还伤亡惨重，被迫撤出战斗。当时，四纵是民主联军中战斗力最强的队伍了。他们大都是山东老兵，打过游击，有实战经验，"会打仗"。听爸爸讲，沙岭战役，听到机枪一响，有经验的老兵是迅速卧倒了，机枪也确实打不到了；但是，人家用迫击炮吊你，炮弹落点精准。那一仗真惨，部队伤亡太大了，担任主攻的两个营全部牺牲了，连撤都撤不下来了；是兄弟部队增援，才撤下来。事后，还专门开了一个公祭大会，祭悼在此次战役中牺牲的山东老兵。

此时，爸爸的心情虽然沉重，可我还是不禁想起爸爸讲的另一个故事。

在胶东打游击时，打的大都是伪军、顽军和地主武装。那年，部队为了虚张声势，拿大炮吓唬敌人，就自己动手，用木头做了一个"大炮"。怎么做？没吃过猪肉，还没看过猪跑吗？会木匠活的战士就按见过大炮的人的指点，找来两个牛车轮子（那时的牛车轮子是木制的，有大的铁钉），再照葫芦画瓢；没有黑色油漆，就刷黑色墨水。八路军就是八路军，天不怕地不怕，别说，还真的"造"出来一个"大炮"，有模有样的。可是，下雨一浇就原形毕露了。用白面捏制的瞄准镜等小零件都泡变形了，用面涂抹的木缝也浇漏了，刷的墨水也冲掉了……以后，一遇下雨就赶紧去遮蒙"大炮"，上上下下，前后左右，忙得不亦乐乎……

我就想：这样的队伍，能有怎样的

战斗力？这样的队伍，怎么可以和训练有素、配有美式装备的国民党远征军交手呢？交手的结果和大人打小孩能有区别吗？

东北解放战争中，最艰苦的日子，应该是1946年末至1947年初"三下江南四保临江"的那段日子。

由于刚到东北，没搞土地改革，群众也没有真正发动起来，因此，没有可靠的根据地。加之当时招募的新兵，有很多是伪满时期的兵痞和城市中游手好闲之徒，所以，到了艰苦时刻、危急关头，他们不是降敌就是"脚底下抹油"开小差；更有甚者，居然枪杀上级派去的干部，集体哗变。四平保卫战（二战四平）之后，短短几天的时间，民主联军丢了大半个东北，便是没有根据地的苦果。最后，不得不接受国民党的休战条件，于1946年6月6日休战半个月，后又延期半个月，再后一直休战4个月。

1946年10月，东北战火重燃后，国民党军又集结了8个师10万人的兵力，兵分三路再次向我辽南根据地大举进攻。左路先后占领海城、岫岩、庄河等地；右路先后占领新宾、通化、桓仁、宽甸等地；中路则迅速占领了凤城、安东（丹东）。

此时，我军东北南部根据地仅剩临江、长白、蒙江（靖宇）、抚松4个县，部队也仅有三纵、四纵4万多人；而且武器弹药和衣食奇缺，形势十分严峻。听爸爸讲，部队（四纵10师30团）每个战士都发了一个随身携带的小木锯，做了进入长白山开展游击战的准备。在此关键时刻，东北局派陈云、萧劲光同志赴临江，召开了著名的"七道江会议"。会上，陈云同志从东北战略全局出发，精辟分析敌我态势，权衡"去""留"利弊，形象地指出："东北的敌人好比一头牛，牛头、牛身子是向北去的，在南部留了一条尾巴，如果我们松开这条牛尾巴，那就不得了，这头牛就要横冲直撞，我军东北南部根据地保不住，北边也危险。如果我们抓住了牛尾巴，也不得了，敌人就进退两难。所以抓住牛尾巴是关键。"会议统一了坚持东北南部斗争，保卫长白山根据地的思想。决定派四纵主力深入辽南敌后，开展游击战争。于是，便发生了以后的"三下江南四保临江"等战役。

下面这段文字，引自战略网《东北民主联军为何要"三下江南四保临江?"》，字里行间，可以看出当年极度艰苦的情形。

"在'四保临江'战役中，广大指

战员认真贯彻我党'不惜以任何代价，打若干恶仗、硬仗、大仗，以局部牺牲换取全局胜利'的指示，面对强敌，浴血奋战，以沉重的代价，迎来了胜利。

"东北民主联军各部第一次临江保卫战自1946年12月17日至1947年1月20日，历时35天。我第三纵队与国民党军作战43次，第四纵队与国民党军作战50余次，拔掉国民党军守备据点40多处。这一战役获得歼灭国民党军4900余人的重大胜利（地方部队歼敌数未计），此次战役是在兵力少，装备差，物资供应十分困难，敌强我弱的形势下进行的。部队在-40℃的严寒天气里行军打仗，况且装备极不齐全，有些同志连棉鞋、棉裤、棉被都没有。尤其第四纵队许多指战员穿着单薄的衣服（在三纵队支援棉衣、棉大衣之后），个别同志甚至裹着毯子挺进敌后作战，行军途中雪深没膝，有些同志到宿营地时，鞋袜和脚冻在一起脱不下来，脚严重冻伤的很多。打仗时爬冰卧雪，吃的是冻得硬邦邦的苞米饼子，渴了也只能抓把积雪吃。由于连续战斗在冰天雪地之中，有时冻伤减员超过战斗减员。辽东军区司令员萧劲光给东北局和东北民主联军总部林（彪）、彭（真）、高（岗）的信中谈到'部队被服、鞋袜、手套至今未补充齐,冻伤多于枪伤'。小荒沟战斗,一仗就冻伤400多人。挺进国民党占领区作战的第四纵队冻伤减员达679人。我军广大指战员以超人毅力,度过了艰难的日日夜夜,终于夺取了第一次临江保卫战的胜利,保卫了以临江为中心的长白山根据地,使东北南部的斗争形势终于由国民党军的猖狂进犯变成了敌我拉锯。"

我听爸爸讲过许多战争年代的故事,包括自己左腿受伤,他都没流过眼泪。但是,讲到一保临江时,老人家流泪了,而且是伴着回忆,边说边流,属于不知不觉、情不自禁的那种:"那年冬天真冷,没有棉衣棉被,就披着麻袋片子,有的战士进入阵地时,人还好好的;战斗打响时,人就不行了,硬是给冻死了……"

唉!真不知那个漫长的冬天,是怎么挨过来的。

爸爸的腿是1947年3月一战通化时负伤的,左小腿迎面骨自前而后洞穿。

一战通化,由于战前对敌守军阵地没有进行仔细的侦察,对守军的防御工事更没制订出有效的攻坚方法,只是平均分配兵力,你打这里,他打那里,各攻城部队又缺少必要的协调配合。所以,战斗打响后,几乎没有炮火支援。

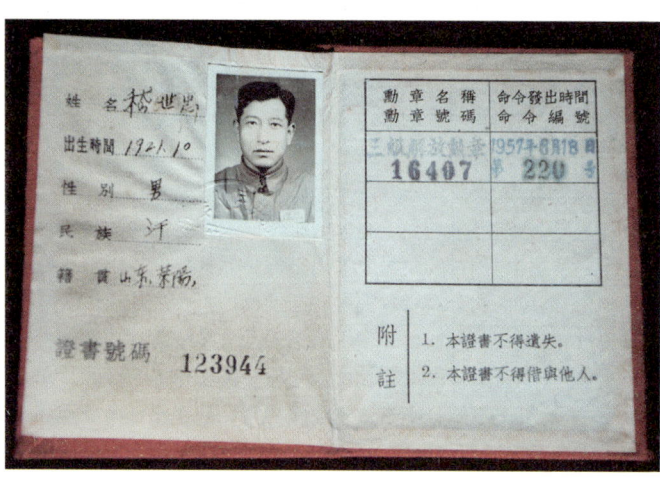

守军的碉堡、暗堡等防御工事，全靠步兵爆破完成。这样，不仅减慢了攻城速度，还造成大量的人员伤亡。再有，守军52军195师，这支参加过滇缅会战的队伍，真不是吃素的。碉堡、核心工事修得没有死角，既自成体系又互相配合。你爆破这个时，那个用机枪扫你；你爆破那个时，这个用机枪扫你。守城官兵也真是顽强，面对四纵的包围、人海战术，几个核心工事的守军，竟没有一个放弃阵地逃跑或缴枪投降的，硬是和四纵拼了三天三夜，拼到援军赶到，四纵被迫退出战斗。

"那一仗打得真是连憋气带窝火，明明有大炮有炮弹却没派上用场。结果，死伤了那么多的人，任务还是没有完成。"当时我就问爸爸，已经死伤了那么多的人，为什么还要硬往上冲呢？爸爸不假思索地回答："战场上坚决执行命令，是没有任何条件的。"难怪《东北解放战争资料》一书对四纵进行了这样的评价："四十一军（四纵）作风勇敢，不太讲究战术，过去战役中参加进攻及攻坚战役较少，担任阻击、打援、防御之艰苦的战斗任务较多。参战次数最多，干部战士伤亡很大，部队作战决心很顽强，不怕伤亡不叫苦，执行命令坚决，善于打阵地战，也能打运动战，在防御战斗中有顽强的战斗力……为东北部队中的主力军。"

我终于明白了，四纵之所以作为主力军赢得人们的信任和尊敬，是"打"出来的。"作风勇敢……作战决心很顽强，不怕伤亡不叫苦，执行命令坚决……有顽强的战斗力。"这些，不正是一支队伍所需要的"军魂"吗？

当我问爸爸："您负伤后，是谁把您背下来的？"爸爸略有遗憾地说："不知道。我们那个时候都是这样，负伤了由担架队员抬到战地医院，到战地医院后，马上抢救；担架队员又去前线抬别的伤员。根本就没时间问。"我又说："人家救你一命，你总该问问人家姓什么叫什么吧？"爸爸又说："我们那个时候，不像现在这么复杂；要是现在，我也一定会问……"其实，爸爸说得对。你想呀，战场上你负伤了，鲜血直流，疼得要死要活的，担架队员抬你时，你说："且慢，先问一下你们姓什么，叫什么。"怎么可能呢？如果真是这样，就该抬到精神病院去了；再说，战场上抢救伤员，担架队员也是冒着生命危险的，哪有时间听你说没用的；在路上，也是争分夺秒，失血过多也会死人的。

爸爸负伤后，由于当时的医疗条件不好，没有得到有效的治疗，左腿膝盖以下的皮肤曾一度变紫发黑，后方医院的大夫也曾劝过爸爸锯掉小腿。但是，爸爸没有同意。因为，锯掉小腿就成了残疾人，成了残疾人就意味着永远也不能回到部队了；所以，爸爸的回答是"等一等，等几天再看看"。说来也怪，就在这"等几天"的几天里，奇迹出现了，爸爸的腿竟神奇地有了好转，左腿终于保住了。以后，虽然拄着双拐，走路吃力，但那只是时间和恢复的问题了。新中国成立后，爸爸被鉴定为"三等乙级"残废军人，每年还可享受到残废军人抚恤金，数额虽小，却也是精神安慰。

1955年部队授衔时，爸爸在辽宁军区司令部。本来，爸爸应该是授少校军衔的，各种审批报表都填过了，连军装的尺寸都量过了。可是，最后批下来时却是大尉。听妈妈讲，为此事，爸爸是真的上火了，曾经好几个晚上睡不着觉。也难怪，十几年出生入死，血雨腥风，用鲜血和生命换来的荣誉，怎么说变就变了呢？实在太"窝心"了。

是妈妈的慰藉抚平了爸爸心灵的创伤："算了吧，老嵇。我们生命的目的不是为了这个，和那些已经牺牲了的战友相比，我们还是幸运的……"

此事，在爸爸妈妈心里留下的伤痕

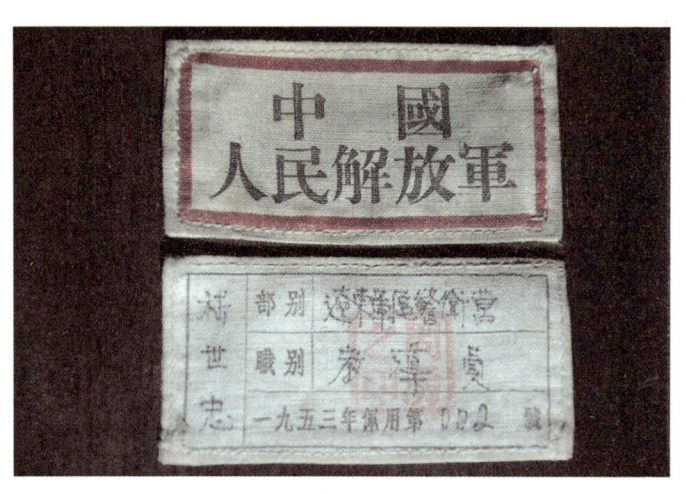

虽深，但为了不在孩子们幼小的心灵上留下消极的阴影，爸爸妈妈一直守口如瓶，直到晚年，爸爸妈妈离休以后，我们也都成家立业了，才将此事告诉我们。

## 四　印象中的爸爸

我的印象中，爸爸多才多艺。

爸爸写得一手好字。2000年，我和弟弟回山东老家时，看到当年爸爸念高小时写的毛笔作业，蝇头小楷，写得跟字帖似的；离休后，在老年人大学书法大赛上，也多次获奖。会吹口琴，且较专业。口含8孔，手振打拍，音正腔圆。会拉京胡，广东音乐《雨打芭蕉》《彩云追月》，京剧《四郎探母》、样板戏《红灯记》《沙家浜》等剧中唱段，都曾拉过。

那时，每到周末，爸爸总会喝上二两小酒，再泡上一缸茉莉花茶（爸爸泡茶总是要加白糖的），然后拉起京胡，自娱自乐。记得一天晚上，爸爸拉得性起，于是，操着山东口音放开嗓子唱了起来："临省（行）喝妈一碗粥（酒），浑心（身）细（是）汗，雄周周（赳赳）……"妈妈乐弯了腰："老嵇呀，别'丢疼儿'了。人家《红灯记》里英雄李玉和唱的是'浑身是胆雄赳赳'，你唱浑身是汗，害怕吓得呀，吓出一身冷汗是不是？"惹得我们也都捧腹大笑，笑出了眼泪。

我的印象中，爸爸很孝顺。

新中国成立后，爸爸一直给住在山东老家的爷爷奶奶寄生活费，每月15元，从未间断。二十世纪五六十年代的15元，那可是钱呀！真金白银，货真价实。在山东农村生活，哪里用得了这么多的钱？况且爷爷自己还能劳动。于是，奶奶就把这些钱积攒起来，盖了一套青砖瓦房，说是"给五儿回家时住的"，令全村人羡慕不已，那时的山东农村，还都是草房。

爷爷去世时，我年龄还小，没留下什么印象。奶奶去世，是在1974年秋天的一个周末，那天晚饭时，妈妈下班回家后，把在单位接收的电报交给了爸爸，并告诉他，奶奶在昨天去世了。当时，爸爸正在喝酒，于是放下酒杯，反复看着那份电报，默不作声。妈妈见爸爸半天一声不吱，就劝爸爸"已经94岁高龄了，人总是要走的……"半响，爸爸已经老泪纵横，哽咽着说："理是这么个理，可心里还是很难受……"于是，爸爸讲了许多奶奶的故事。

1939年12月，18岁的爸爸离家从军以后，一直没有消息。此时，大伯已经患病离世，奶奶愈加牵挂"五儿"的生死，终日以泪洗面。每遇"土地庙"必磕头作揖，祈求神灵，保佑"五儿"平安。长期的抑郁、悲伤，奶奶哭瞎了眼睛。新中国成立后，爸爸回家看望奶奶，跪在奶奶面前时，奶奶喜极而泣，失明的双眼流着苦涩的泪水，颤抖的双手不停地抚摸着爸爸的脑袋、眼睛、鼻子……嘴里不停地念叨："是我五儿，是我五儿！"然后搂紧爸爸的头，放声大哭："五儿呀！这么多年你到哪里去了？妈妈多么想你呀！……"

那个晚上，爸爸喝了好多的酒，流了好多的泪。

## 五 尾声

爸爸离休以后，我曾多次劝他，写一下自己的回忆录。那么多既难得又珍贵的经历，不留下来，实在太可惜了。可是，每次劝他，他都笑而不答，好像冥冥之中已有定数，这件事注定要由我来完成似的。

其实，这件事，今年3月已开始着手，本想在6月20日，爸爸去世十周年的时候拿出来，聊表一下我的思念之情。可是，当我查阅资料以后才知道，东北解放战争时期，四纵的战斗经历实在是太多了，简直浩如烟海。仅仅查阅

资料，弄清四纵的战斗历程，便用去我四个月的业余时间（白天要正常上班），最后，不得不用年假来完成此文。下面摘录的也仅仅是在网上能够查到的出名的战役而已，其他小的战斗有多少次？无数次！只是没有记载，无从查找。再次引用《东北民主联军为何要"三下江南四保临江"？》中的一段文字："东北民主联军各部第一次临江保卫战自1946年12月17日至1947年1月20日，历时35天。我第三纵队与国民党军作战43次，第四纵队与国民党军作战50余次，拔掉国民党军守备据点40多处。这一战役获得歼灭国民党军4900余人的重大胜利（地方部队歼敌数未计），此次战役是在兵力少，装备差，物资供应十分困难，敌强我弱的形势下进行的。"仅35天的时间，就作战50余次；3年的时间，作战多少次？如此频繁的战斗，如此艰苦的环境，就是职业记者，也难免会有疏漏，何况每天要行军打仗的爸爸！说真的，能保住小命就不错了！

我终于明白了，如此浩繁的工程，没有当年的笔录，仅仅凭个人的记忆，是无法完成的。难怪谈到此事爸爸总是笑而不答呢。

而今，爸爸离开我们已经十多年

了，我也已经年近六旬。但是，爸爸在世时的许多往事、许多情形仍记忆犹新，莫名难忘，相信也会随我带进坟墓的。我想，应该是血浓于水，血脉相连的缘故吧。

2013年12月

# 代表当选证书

沈政字 第 398 号

嵇世忠

　　当选为 沈阳 市(县)

第二届人民代表大会代表

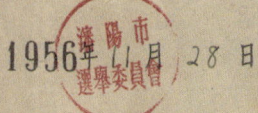

1956年11月28日

附：

## 1. 家父简历

　　1921年11月—1939年12月　山东省莱阳市龙王庄万柳村　学生

　　1940年1月—1940年2月　胶东招远县五支队新兵营　战士

　　1940年2月—1940年7月　胶东招远县五支队新兵营　班副

　　1940年7月—1940年10月　胶东平度县五支队教导队　学员

　　1940年10月—1941年6月　胶东海阳县五支队教导营二连　文化教员

　　1941年6月—1943年1月　胶东海阳县五支队教导营三连　文书

　　1943年1月—1944年4月　胶东栖霞县抗大　文书

　　1944年4月—1945年9月　胶东军区十四团三营　书记

　　1945年9月—1947年11月　东北四纵队十师三十团　副政指

　　1947年11月—1948年11月　东北四纵队十师三十团后勤留守处　副政指

　　1948年11月—1949年1月　安东军区警卫团政治处　组织干事

1949年1月—1949年8月 安东军区警卫团政治处 组织干事（副营级）

1949年8月—1951年2月 169师507团政治处组织股 副股长（副营级）

1951年2月—1951年12月 辽东军区警卫团政治处组织股 副股长（正营级）

1951年12月 辽东军区海防大队政治处 股长（正营级）

1951年12—1952年8月 辽东军区海防大队政治处 股长（正营级）

1952年8月—1954年6月 辽宁军区警卫营 教导员

1954年6月—1954年10月 东北军区独立营 教导员

1954年10月—1956年11月 辽宁军区司令部 协理员

1956年11月—1958年5月 辽宁军区政治部直工科 科长

1958年5月—1966年10月 铁岭县人民武装部 政委

1966年10月—1973年3月 沈阳新华印刷厂 党委书记

1973年3月—1983年2月 辽宁省新华书店副经理

1983年2月 离休

2003年6月 辞世

## 2. 感怀

残阳枯树步黄昏，
伏枥老骥志犹存。
当年征战"牙""白"寨，
弹洞左腿现军魂。

长沙堡战哭壮士，
四保临江泣鬼神。
回眸对照菱花镜，
弹指一挥发似银。

注：1. 此诗是家父晚年（1998年）所作。
2. "牙""白"寨句："牙"即牙山，在山东省栖霞市东南22.5公里处。抗日战争时期，父亲曾在此参军抗战，"长沙堡"战斗亦此期间发生，著名战斗英雄任常伦在此战中牺牲。"白"即长白山，解放战争时期，父亲曾在此战斗过，"四保临江"战役亦此期间发生。

## 说在后面的话

一个20世纪80年代的文学青年，一路走来，经历的坎坷、辛酸、诱惑……自不必说。但骨子里对真、善、美的追求，却始终未改。

今天，诚恐诚惶地献上20首诗和2篇文章，如果能给人们带来美的享受或唤起人们对往事的回忆和思考，那将是我最大的快乐，因为美的精神享受是高尚的，是触及心灵的。

我1977年中学毕业，1979年读了2年技校，1982年又在职读了3年电大；做过知青、书店营业员、出版社市场营销业务等。没进过正规院校，更没有机会出国深造、考察。所以，所写之物，所述之情，受视野、经历的局限，难免会有缺陷和偏颇。但我保证它们是真实的，因为，它们都是我的经历和感受。

在此，要感谢赵奇老师、施悦峰老师在此书设计过程中给予的无私帮助；感谢春风文艺出版社领导和同事们的热情鼓励和大力支持。

当然，还要感谢生活的滋养、磨砺、启迪。

嵇超英

2016年11月25日